la courte échelle

Les éditions de la courte échelle inc.

Marthe Pelletier

CHANTE POUR MOI, CHARLOTTE

Illustrations
de Rafael Sottolichio

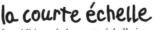

Les éditions de la courte échelle inc.

Les éditions de la courte échelle inc.
5243, boul. Saint-Laurent
Montréal (Québec) H2T 1S4

Conception graphique de la couverture:
Elastik

Conception graphique de l'intérieur:
Derome design inc.

Mise en pages:
Mardigrafe inc.

Révision des textes:
Lise Duquette

Dépôt légal, 2ᵉ trimestre 2001
Bibliothèque nationale du Québec

Copyright © 2001 Les éditions de la courte échelle inc.

La courte échelle reconnaît l'aide financière du gouvernement du
Canada par l'entremise du Programme d'aide au développement de
l'industrie de l'édition pour ses activités d'édition. La courte échelle est
aussi inscrite au programme de subvention globale du Conseil des Arts
du Canada et reçoit l'appui du gouvernement du Québec par
l'intermédiaire de la SODEC.

La courte échelle bénéficie également du Programme de crédit d'impôt
pour l'édition de livres — Gestion SODEC — du gouvernement du
Québec.

Données de catalogage avant publication (Canada)

Pelletier, Marthe

  Chante pour moi, Charlotte

  (Roman Jeunesse; RJ102)

  ISBN: 2-89021-493-1

  I. Sottolichio, Rafael. II. Titre. III. Collection.

PS8581.E398C42 2001   jC843'.6   C2001-940442-5
PS9581.E398C42 2001
PZ23.P44Ch 2001

Marthe Pelletier

Marthe Pelletier travaille dans le domaine du cinéma documentaire. Elle a touché à tous les aspects du métier: scénarisation, recherche, assistance à la production et réalisation. De plus, elle a également travaillé comme relationniste de presse, journaliste, enseignante et même gestionnaire d'entreprises culturelles.

Passionnée de voyages, Marthe Pelletier a visité presque tous les continents, allant du soleil des îles aux glaces éternelles du Grand Nord, en passant par l'Europe et le Proche-Orient. Mais elle revient toujours se ressourcer dans les lieux de son enfance, où sa petite fille aime jouer avec les chats et les canards, sur les bords du lac Témiscouata, dans le chalet qui l'a vue grandir. C'est d'ailleurs là qu'elle a écrit *Chante pour moi, Charlotte,* son premier roman publié à la courte échelle.

Rafael Sottolichio

Rafael Sottolichio est né à Santiago, au Chili, en Amérique du Sud. Arrivé très jeune à Montréal, il se passionne depuis toujours pour le dessin et la peinture. Il a étudié en arts visuels à l'Université du Québec à Montréal, et il est maintenant peintre et illustrateur professionnel. On peut voir ses oeuvres dans de nombreuses galeries et salles d'exposition de Montréal et du Québec.

Rafael aime beaucoup le cinéma et la photographie. Il adore aussi voyager et visiter les grands musées du monde où il peut voir les peintures des grands maîtres, tels que Velásquez, Vermeer et Picasso. *Chante pour moi, Charlotte* est le premier roman qu'il illustre à la courte échelle.

Jacinthe, ma soeur, mon amie
Ton sourire vit en moi pour toujours
Quand je m'ennuie trop, je cherche un peu
Et je le retrouve, intact
Intense et brûlant, comme toi.

Ce livre est mon sourire à moi
Je lui ai mis des ailes
Pour qu'il te retrouve
Où que tu sois.

Prologue
Un coeur de pierre tout rose

L'eau de mer, c'est salé. Et puis c'est souvent très froid. Brrrrr… Des fois, on voudrait s'y baigner quand même. On commence par y tremper les pieds mais, après une minute seulement, on ne les sent plus, ils sont gelés. Alors on sort ses pieds de l'eau et ils sont tout rouges.

L'eau de mer, c'est toujours salé. Mais des fois c'est tiède et on peut s'y tremper jusqu'au cou et nager. Si on nage pendant plus d'une heure, on a tout de même les lèvres bleues.

En Gaspésie, il existe une grande baie remplie d'eau salée presque chaude, dans laquelle on peut nager pendant des heures sans devenir rouge ou bleu.

Tout autour de cette grande baie s'étirent de longues plages pleines de roches ravissantes, de galets rondelets et de pierres presque précieuses. C'est sûrement le paradis des collectionneurs de cailloux.

On peut en remplir toutes ses poches, on peut en remplir de larges seaux, on pourrait même, si nos parents le voulaient, en remplir tout le coffre de la voiture.

Ce matin, il fait beau et, sur la plage du camping de Carleton, en Gaspésie, des millions et des millions de beaux cailloux paressent au soleil.

Ce matin, il est encore très tôt et, sur la plage, il n'y a qu'une grande fille qui se promène. On voit tout de suite que c'est une collectionneuse. À chaque pas, elle ramasse un caillou, le retourne, l'examine et le rejette à contrecoeur, car son autre main déborde déjà de cailloux splendides qu'elle veut à tout prix conserver.

Cette fille s'appelle Charlotte et elle a vingt-deux ans. Charlotte est fascinée par les cailloux. Elle les trouve attirants, elle les admire, elle les adore. On peut dire que Charlotte est une grande amoureuse des petits cailloux.

Mais qu'est-ce qui se passe? Charlotte laisse tomber sa grosse poignée de cailloux. Elle ne bouge plus. Elle fixe quelque chose par terre… Maintenant, elle s'accroupit. Délicatement, elle cueille une petite pierre. Le caillou est blotti dans sa

main comme dans un nid. C'est un petit
coeur de pierre, tout rose, pansu, au dessin
tellement parfait qu'on croirait qu'il va se
mettre à palpiter.

Charlotte relève la tête et regarde la
mer. Sous le soleil du matin, la mer brille

d'un éclat insupportable. Pourtant, Charlotte ne plisse même pas les yeux. Elle regarde la mer, mais elle ne la voit pas.

Et Charlotte commence à pleurer. Deux larmes tombent sur ses mains qui emprisonnent le coeur de pierre, comme pour l'empêcher de s'envoler. Et elle pleure, et elle pleure. Son visage est tout mouillé. Mais Charlotte ne s'en rend pas compte. Son esprit voyage ailleurs. Charlotte est redevenue une petite fille... de six ans et demi.

Chapitre I
Charlotte a 6 ans et toutes ses dents

C'est le matin. Charlotte est dans son lit. Elle sourit.

C'est tellement bon de se réveiller. C'est magique. L'instant d'avant, on ne sait pas où on est, on n'existe pas, comme si on n'était pas encore né. Et puis, pouf! on est là dans son lit, et les odeurs se précipitent sous notre nez, et les bruits dansent autour de nos oreilles. On est bien!

Quand elle se réveille le matin, Charlotte est toujours de bonne humeur. Charlotte est une fille très gaie. Quand elle se réveille, par un beau matin d'été comme aujourd'hui, le soleil est à peine levé. Charlotte est une fille très matinale. Quand elle se réveille, très tôt par un beau matin d'été, Charlotte commence toujours sa journée de la même façon...

D'abord, elle sourit et s'étire, pour se dégourdir. Ensuite, elle saute en bas du lit, va ouvrir toute grande la porte du chalet et admire le lac un moment.

Pour Charlotte, le lac est toujours magnifique. Qu'il pleuve ou qu'il vente, qu'il tonne ou qu'il grêle, toujours, toujours, Charlotte le trouve beau. Qu'il soit vert, gris, noir avec des moutons blancs, ou bleu ciel, comme aujourd'hui, Charlotte est contente de le regarder, et de l'en-

tendre clapoter, ou claquer, ou rugir, ou ne rien dire, comme aujourd'hui.

Ce matin, le lac est d'une beauté et d'un calme extraordinaires. Charlotte l'admire longtemps. Elle en oublie presque la troisième chose qu'elle fait tous les matins, depuis bientôt cinq ans, depuis que son petit frère est né.

«Il faut que je réveille mon frère!» se rappelle-t-elle soudain.

Charlotte entre à pas de loup dans la chambre de Max. Tout entortillé dans ses draps, Max dort profondément. Charlotte retient son souffle, le regarde et s'attendrit un instant. Elle trouve que son frère ressemble à un ange blond. Un ange triste, qui ne sourit presque jamais. «Heureusement que je suis là pour le faire rire un peu!» songe-t-elle.

Quand Max se réveille, lui, il n'a pas le temps de s'étirer paresseusement. Quand Max se réveille, lui, tout ce qu'il voit, c'est sa soeur qui bondit sur lui et le chatouille sans ménagement, en lui ordonnant de rire.

Tout endormi, Max se défend mollement. Avec entrain, Charlotte chatouille et gratouille. Le pauvre Max ne peut résister longtemps. Il se met à rire, un peu,

beaucoup, énormément. Quelquefois, il rit
tellement fort qu'il réveille leur père,
François.

Ce matin encore, François s'est réveillé.
Il apparaît dans la chambre, les cheveux
tout ébouriffés, les yeux gonflés de sommeil.

— Laisse-le donc dormir, dit-il à Charlotte. Max doit dormir le matin, puisque

le soir il ne s'endort pas! Jacinthe était comme ça...

En entendant le mot «Jacinthe», Max et Charlotte cessent immédiatement de chatouiller, de rire, de bouger, et même de respirer. Ils ne sont plus que de grandes oreilles qui veulent entendre parler de Jacinthe, leur mère qu'ils n'ont pas connue.

Jacinthe est morte dans un accident de voiture, un soir de grosse tempête de neige. Cet hiver-là, ils étaient tous deux presque des bébés: Charlotte avait deux ans et Max, à peine six mois. Alors, forcément, ils ne se souviennent pas d'elle.

Mais quand François parle de leur mère, il lui redonne vie. François parle et Jacinthe est là, jeune, fraîche, vivante. C'est comme si elle venait passer un moment avec eux: elle rit, elle joue, elle danse.

François s'assoit au pied du lit et commence à raconter.

— Jacinthe, c'était un oiseau de nuit. Le soir, quand elle se couchait, elle essayait pourtant très fort de s'endormir. Mais, la plupart du temps, elle n'y arrivait pas.

Les enfants hochent la tête. Ils savent bien comment il peut être difficile de s'endormir.

— Moi, je l'encourageais, continue François. Je lui disais: «Ferme les yeux, ma chouette, ça dormira mieux!» Ou encore: «Une histoire à dormir debout, ça te plairait, ma nyctale boréale?»

Max et Charlotte savent à présent que la nyctale boréale est une petite chouette et que cet oiseau vit la nuit. Autrefois, quand François racontait cette histoire, ils posaient des questions, mais aujourd'hui ils connaissent ce nom savant.

Si François utilise des termes savants, ce n'est pas pour embêter ses enfants. Pour lui, ce sont des mots ordinaires, comme «téléphone» ou «brosse à dents». François est professeur de zoologie. Des noms savants d'oiseaux et de bêtes, il en a plein la tête.

— Très souvent, je m'endormais trop pour finir mon histoire, poursuit François. Mes yeux se fermaient tout seuls. Jacinthe se relevait alors sans faire de bruit…

François se tait et rêvasse un peu. Il se revoit dans son lit, épiant entre ses cils Jacinthe qui s'en va sur la pointe des pieds et qui, juste avant de disparaître derrière la porte, se retourne en riant et lui souffle un baiser...

Max profite de ce silence et s'installe plus confortablement. Il pose la tête sur l'oreiller et, pour mieux imaginer sa chouette de mère, il ferme les yeux. Charlotte, elle, s'impatiente un peu:

— Maman se relevait, et qu'est-ce qu'elle faisait?

François sort de la lune et répond à Charlotte.

— Elle lisait ou bien elle dessinait. Au chalet, par les belles nuits d'été, elle aimait faire de la bicyclette ou nager...

François cesse de raconter. Max s'est rendormi.

Max rêve déjà. Sous une grosse lune orangée, Jacinthe et lui se promènent à bicyclette. Max fait des cabrioles, il lâche le guidon, il lâche les pédales, il est époustouflant. Jacinthe, elle, tombe tout le temps, elle rit trop. Ses genoux sont tout éraflés. «Ce n'est pas grave, mon grand! Même si on tombe de temps en temps, faire de la bicyclette, c'est épatant!»

Max sourit en dormant. Charlotte est ébahie. Et François aussi. C'est tellement rare qu'ils le voient sourire, leur petit hibou! Ils sortent de la chambre sur la pointe des pieds, pour ne pas le déranger.

* * *

Charlotte est fâchée. Elle tape du pied.

— Mais tu tombes tout le temps! Pourquoi tu ne veux pas me la prêter? Je veux juste l'essayer avant qu'elle soit toute cabossée!

Max agrippe fermement sa bicyclette neuve. Celle qu'il a reçue hier, pour son cinquième anniversaire.

— Je te la prêterai plus tard, quand je serai fatigué!

Dépitée, Charlotte s'en va vers la plage, en grommelant et en claquant des talons. Max se dépêche d'examiner sa bicyclette. Ouf! Il ne découvre aucune bosse, juste une égratignure, minuscule, microscopique, invisible quoi!

Quelle chouette bicyclette! Elle est exactement comme il la voulait: rutilante et rouge. Pas surprenant que Charlotte soit jalouse!

Du coin de l'oeil, Max observe sa soeur. Les bras croisés, l'air renfrogné, elle marche sur la grève en frappant du pied tout ce qui peut rebondir. Soudain, elle se transforme en joyeuse gazelle et court chercher un caillou qu'elle a catapulté d'un coup de pied. À présent, elle est calme, complètement captivée par son passe-temps préféré...

Charlotte se fâche souvent, mais pas longtemps. Ce n'est pas très agréable, mais ce n'est pas très grave non plus. Max est habitué. D'ailleurs, tout de suite après ses colères, Charlotte regrette et tient à s'excuser. La voilà qui revient justement.

— Je m'excuse, Max, je ne devrais pas me fâcher. Pour me faire pardonner, je t'offre la drôle de roche que j'ai dénichée.

Max admire un instant l'étonnante pierre en forme de champignon.

— Non, garde-la pour ta collection. Je te pardonne de toute façon.

— Toi, je t'adore, ronronne Charlotte, ravie.

Et elle lui flanque un gros bec sonore sur le nez. Smack!

Juste à ce moment, aux commandes de sa pétaradante tondeuse à gazon, François tourne le coin de la maison. Il voit Charlotte courir joyeusement vers la plage. «Ah! celle-là! Elle est vive et fringante! C'est le vrai portrait de sa mère... Max est plutôt calme et sérieux, comme moi...»

François observe les tentatives de Max à bicyclette. Brusquement, il se sent bizarre, mal à l'aise. Max est tellement maladroit! Il tombe tout le temps! À l'intérieur de François, une souris couine et s'agite… Criii… Hi, hi… François arrête la tondeuse et s'assoit un moment, pour réfléchir… Pour entendre ce que la souris veut lui dire.

Max essaie bravement de lâcher le guidon et, encore une fois, il culbute. Heureusement, il roule sur le gazon. Son pantalon est taché, mais ses genoux ne sont pas écorchés.

«C'est drôle, se dit François. À le voir, on jurerait qu'il est sportif. Avec ses mollets musclés, il a l'air d'un champion de course à pied. Pourtant, Max ne court jamais. C'est étonnant quand même, un enfant qui ne court pas…» Hiii, hiii… Dans le ventre de François, la souris s'énerve et couine plus fort.

«Même en marchant, il tombe souvent, songe François. Et c'est difficile pour lui de se relever… ou de monter les escaliers…» Raôwww! Dans le ventre de François, c'est la révolution! La souris s'est transformée en lion.

François est inquiet. François a peur. Il vient de comprendre: Max n'est pas comme les autres enfants! Raôôôwww… Le lion rugit au-dedans de lui.

«Demain, je l'emmène chez le docteur!» décide François. Puis il abandonne sa tondeuse à gazon pour aller aider son petit garçon. Il vient encore de chuter et se retient très fort pour ne pas pleurer.

Chapitre II
Charlotte a 8 ans, jamais elle ne ment

Charlotte n'arrive pas à s'endormir. Son coeur palpite très fort. Elle a peur.

Et pourtant, cet après-midi, c'est en riant qu'elle aidait son père à monter la tente rouge si jolie sur le gazon vert.

Et pourtant, cette nuit, elle n'est pas seule dans la tente. Étendu près d'elle, Max dort profondément. Il fait très noir et Charlotte ne peut voir son frère. Elle l'entend juste respirer. Doucement, tout doucement.

Dehors, il vente fort. Le lac lance violemment ses vagues à l'assaut de la plage. Les arbres gémissent. Même le gros tremble proteste de toutes ses feuilles, lui qui, d'habitude, chuchote doucement, si doucement.

Charlotte a peur du gros tremble qui, cette nuit, parle trop fort. Charlotte a peur qu'une bête sauvage profite de son sommeil pour entrer dans la tente et lui faire du mal.

Elle allume sa lampe de poche et braque la lumière sur le visage de Max qui ne bouge pas d'un poil. Max dort comme d'habitude, comme un ange, comme une bûche. Il n'a pas peur. Comment peut-il être si calme, lui? Comment peut-il dormir? Il sait pourtant la vérité.

La vérité, c'est qu'une terrible ennemie a envahi le corps de Max. Elle est laide, noire, cruelle. C'est une grosse et malfaisante maladie. Elle porte un nom très compliqué. Charlotte ne s'en souvient jamais tout à fait... Quand elle parle de la grosse maladie, Charlotte l'appelle parfois «la Sophie musculaire», parfois seulement «Sophie».

En ce moment, Charlotte se dit: «La Sophie musculaire habite mon frère.» Et elle a peur de cette Sophie maligne et sombre qui va faire du mal à Max. Et elle a peur que cette maladie sauvage profite de son sommeil pour entrer en elle et lui faire du mal aussi.

Quand Max avait cinq ans, Sophie était encore un bébé maladie et elle était bien cachée. Mais François est un père attentif et futé, il a deviné sa présence. Puis le médecin l'a scientifiquement repérée. Malheureusement, la science est parfois impuissante: il n'existe aucun traitement pour empêcher la Sophie musculaire de grossir, aucun médicament pour la faire rapetisser...

Depuis deux ans, Sophie a grossi. Elle se cache de moins en moins. Même

Charlotte peut l'apercevoir, de temps en temps, maintenant. C'est pour ça qu'elle a peur, de temps en temps, maintenant.

Plic, ploc, plac, ploc… Quelques gouttes de pluie s'écrasent sur le toit de la tente. Quelque part au loin, le tonnerre gronde. Une soudaine averse tambourine de tous les côtés sur la toile. Après quelques minutes, l'averse se calme et se transforme en fine pluie. Il ne vente plus. La musique de la pluie berce Charlotte qui s'endort enfin...

* * *

Charlotte ne peut plus bouger ses jambes, elles sont paralysées. Charlotte pleure, elle est horrifiée…

— Charlotte, lève-toi, chuchote François.

— Je ne peux pas, je ne peux pas! répond en pleurant Charlotte.

Mais ses yeux sont encore fermés, elle n'est pas réveillée.

— Bien sûr que tu peux. Viens, la tente est inondée. Max est déjà dans son lit. Viens vite, ma Charlie.

Charlotte se réveille un peu.

— Papa, mes jambes sont tout engourdies. J'ai attrapé la Sophie musculaire, moi aussi.

Et elle pleure de plus belle. François s'agenouille près d'elle et lui caresse la tête.

— Non, Charlotte, c'est seulement un mauvais rêve. La maladie de Max n'est pas contagieuse, comme le rhume ou la grippe. Jamais tu n'attraperas la dystrophie musculaire. C'est vrai, crois-moi.

Charlotte ne peut s'arrêter de pleurer. François la prend dans ses bras et la transporte à l'abri, dans son lit.

Un peu plus tard, dans la chambre, Charlotte et François discutent tout bas.

— Les muscles de ses jambes sont faibles, mais il ne souffre pas, explique François. Il ne faut pas se décourager. Peut-être que, bientôt, les docteurs découvriront comment le guérir. En attendant, il faut l'aider à devenir grand et fort. Il faut l'aimer comme il est, et continuer de rire et de le faire rire.

— Tu vas voir, je serai drôle et gentille. Et je jure que je ne me fâcherai plus, et…

François lui coupe la parole en riant.

— Ne jure surtout pas ça! Si tu ne te fâchais pas, tu ne serais pas notre Charlotte!

Charlotte n'a plus peur. La cruelle Sophie n'a qu'à bien se tenir. Ils seront trois à lutter contre elle. Max ne sera jamais seul. Et puis toujours elle prendra soin de lui. Cela, elle le jure.

* * *

Le lendemain, il pleut encore. Par la fenêtre, Charlotte regarde la pluie tomber. Elle soupire. Pas moyen d'aller jouer dehors, il pleut vraiment trop fort.

— C'est le déluge! déclare en riant Mme Fritzback.

Mme Fritzback, c'est la femme qui garde Charlotte et Max lorsque François n'est pas là. Mme Fritzback aime terriblement les enfants. Les siens ont grandi trop vite à son goût et sont mariés à présent.

C'est pourquoi elle aime bien venir au chalet et dorloter de jeunes enfants.

Mme Fritzback aime aussi énormément les tartes. Chaque fois qu'elle vient, elle en confectionne trois ou quatre.

En ce moment, elle roule la pâte.

— Si j'en faisais deux aux pommes et deux aux bleuets, ça vous plairait? demande-t-elle.

— ATCHOU! répond Max qui a attrapé un rhume.

Depuis ce matin, son nez coule et coule.

— Mon pauvre petit canard tout enrhumé! Viens un peu ici.

Charlotte grimace. Elle a horreur d'entendre ces «mon petit canard» par-ci et ces «mon petit canard» par-là. C'est vrai que Max se dandine comme un vilain canard. Inutile de le lui rappeler sans cesse. C'est la faute de cette Sophie musculaire s'il ne peut plus marcher normalement! Mme Fritzback dit tout ce qui lui passe par la tête, sans réfléchir. C'est parfois vexant…

Max, lui, n'est pas vexé. Au contraire, il se dandine en souriant jusqu'à Mme Fritzback. Celle-ci lui tâte le front.

— Tu ne fais pas de fièvre. Mais je vais tout de même te préparer une de mes potions, au miel et au citron.

Max est content. Il aime terriblement Mme Fritzback et, de plus, il est très gourmand. Il adore ses tartes et ses potions.

Charlotte est déprimée.

— Qu'est-ce qu'on va faire de cette journée toute mouillée? soupire-t-elle.

Max se mouche le nez, puis il propose:

— Viens, on va dessiner.

Max est un as du dessin. Il dessine tout ce qu'il veut et c'est toujours fameux. Charlotte, par contre, n'a aucun talent. Ses dessins ressemblent à des barbouillages. Charlotte s'applique quand même, en espérant qu'un jour elle dessinera mieux.

La plupart du temps, elle jette ses gribouillis. Elle en fait de grosses boulettes qu'elle lance dans la corbeille à papier. Les dessins de Charlotte sont nuls, mais ses lancers sont parfaits. Jamais elle ne rate le panier.

Max dessine un grand oiseau. Il adore dessiner des oiseaux. Il en fait des petits et des gros, des bleus et des verts.

Quelquefois, Max rêve qu'il est un oiseau. Il n'a plus besoin de ses mauvaises jambes qui le font sans cesse trébucher. Il vole au-dessus du lac et s'amuse: il plane sur un courant d'air, il pique du nez dans l'eau. Parfois, il se pose sur le bord d'une fenêtre du chalet et Mme Fritzback y dépose pour lui une pointe de tarte.

Les enfants sont silencieux: Max rêve éveillé et Charlotte se donne beaucoup de mal pour colorier son dessin. C'est quelque chose qui ne ressemble à rien. C'est un truc, euh… c'est un machin, euh… en tout cas, ce n'est pas vraiment laid!

Mme Fritzback s'approche et jette un coup d'oeil sur le machin-truc que colorie Charlotte.

— Tu fais des progrès, dit-elle à Charlotte qui sourit de contentement.

Mme Fritzback ne ment jamais, Charlotte le sait.

— Et comme cet oiseau est beau! s'exclame Mme Fritzback en apercevant le dessin de Max. On croirait qu'il va se mettre à chanter!

— Oh non, il a trop faim, explique Max. Il voudrait plutôt grignoter quelque chose!

Mme Fritzback éclate de rire.

— Notre oiseau mangera-t-il de la tarte aux pommes ou de la tarte aux bleuets?

— Moi, je vais dévorer toute une tarte aux pommes! annonce François en ouvrant la porte. Je suis fourbu et affamé.

Il a magasiné toute la journée. Ses bras sont chargés de paquets. Les enfants sautent sur lui et l'embrassent. François laisse tomber ses paquets. Curieux, les enfants les déballent pendant que Mme Fritzback prépare le goûter.

François observe Max qui ouvre la plus grosse boîte et découvre une étrange paire de petites bottes.

— Qu'est-ce que c'est, papa?

— Ce sont des bottes spéciales que le docteur m'a données pour toi. Elles feront du bien à tes jambes pendant que tu dormiras.

— Quoi! Il faudra que je dorme avec ces bottes-là?

Charlotte voit le menton de Max qui commence à trembler. Dans deux secondes, il va pleurer.

— On les appellera tes bottes de sept lieues! lance Charlotte.

Max soulève un sourcil, sa curiosité est piquée.

— Des bottes de sept lieues?

— Tu sais bien, comme celles du Petit Poucet. Quand il enfilait ses bottes, il faisait des bonds de sept lieues. Il sautait par-dessus les villages et les forêts!

C'est gagné. Max est captivé par l'histoire du Petit Poucet, que Charlotte lui raconte à sa façon pendant qu'il déguste une pointe de tarte aux pommes et une pointe de tarte aux bleuets... et encore pendant qu'il boit son verre de lait, se

brosse les dents, se brosse les cheveux…
et jusqu'à ce que tout le monde se préci-
pite dehors pour admirer le splendide arc-
en-ciel qui vient de bondir d'une rive à
l'autre du lac.

Il ne pleut plus.

Chapitre III

Charlotte a 11 ans, elle chante tout le temps

Étendu sur un matelas pneumatique, Max flotte sur l'eau, près du quai. Le lac est calme, lisse et brillant. Le soleil est éclatant, l'eau est tiède, l'air sent bon. La journée est magnifique, extraordinaire, splendide, parfaite. Aujourd'hui, c'est peut-être la plus belle journée de l'été!

Couché sur le dos, Max regarde distraitement le ciel bleu. Il n'est pas content, il est irritable, il est grognon. Aujourd'hui, Max est peut-être le garçon le plus malheureux de la terre!

Ce n'est pas comme Charlotte qui, elle, est de très bonne humeur. Sur son pédalo, elle s'éloigne en chantant. Elle invente des airs, elle invente des mots.

C'est mon grand lac bleu, et je l'aime
C'est mon pédalo, et je le trouve beau...

Au bout d'un moment, Max n'entend plus les mots, Charlotte est trop loin. Max soupire et réfléchit: «Si j'étais comme tout le monde, moi aussi, je pourrais faire du pédalo. Pourquoi suis-je différent? Pourquoi suis-je malade?»

Toujours sur son matelas flottant, Max se retourne et fusille du regard un fauteuil roulant qui attend sagement sur le quai. C'est son fauteuil roulant. Il l'a reçu la semaine dernière, quelques jours après son anniversaire. Il est rouge et rutilant, et Max le déteste énormément!

Max peut encore marcher un peu, faire quelques pas sans tomber. Mais quand il tombe, il ne peut plus se relever tout seul. Et parfois il se blesse. Max n'a plus le choix: s'il veut se déplacer, il doit maintenant rouler.

Mes petits canards, je vous aime...
Mon gentil frérot, comme je te trouve beau...

C'est Charlotte qui revient en pédalant et en chantant. Max soupire et ferme les yeux. Il n'a pas envie de parler. Charlotte attache le pédalo au quai. Puis elle s'assoit dans le fauteuil roulant.

— Je peux te l'emprunter? demande-t-elle.

Max fait semblant de dormir et ne répond pas.

Charlotte met le fauteuil en marche et roule jusqu'à la grève. Elle essaie toutes les vitesses, elle avance, elle recule. Les trous et les bosses du terrain l'amusent au plus haut point…

Max a ouvert les yeux et la surveille. Charlotte se remet à chanter:

Mon fauteuil roulant, il est amusant!

Max ne sait pas trop ce qui lui arrive mais, tout d'un coup, sa colère éclate.

— Tu peux le garder, si tu l'aimes tant! Je te le donne!

Charlotte cesse de chanter. Elle est tellement surprise qu'elle reste la bouche ouverte, comme ça, sans parler. Elle ne sait pas quoi dire.

Sans attendre de réponse, Max saute à l'eau et commence à nager. Ça, il peut encore le faire, tout seul, sans aide, sans fauteuil roulant! Nager, comme il aime ça! Quand il nage, Max peut oublier. Oublier qu'il est malade, qu'il ne peut pas courir, sauter, pédaler. Quand il nage, Max est tout entier. Si c'était possible, Max passerait le reste de sa vie dans l'eau…

— Max, ne t'éloigne pas! crie François.

Max se retourne et aperçoit son père sur la grève, près de Charlotte. Il a envie de répliquer: «Je peux bien m'éloigner si je veux. Je ne suis plus un bébé, j'ai dix ans maintenant!» Mais il réfléchit et répond plutôt:

— D'accord, d'accord.

Max ne veut pas être méchant. Il ne veut pas faire de peine à son père qui l'aime tellement.

* * *

Depuis que le fauteuil roulant est arrivé, François ne se sépare plus de son coffre à outils. Il transforme la maison pour son petit garçon.

Lundi, il a posé une rampe de bois sur l'escalier de la véranda. Comme ça, dans son fauteuil roulant, Max pourra entrer et sortir du chalet tout seul, quand il le voudra.

Mardi et mercredi, c'est la porte de la chambre qu'il a agrandie. Le fauteuil circulera plus facilement et Max pourra se lever et se coucher quand il lui plaira.

Jeudi, il a posé un peu partout des poignées que Max pourra agripper lorsqu'il voudra s'asseoir ou se relever tout seul, même s'il est fatigué.

Vendredi et samedi, il a construit un beau pupitre de bois, haut sur pattes. Le fauteuil roulant se glissera dessous sans problème et Max pourra écrire et dessiner, confortablement installé.

Aujourd'hui, dimanche, François invente une rallonge pour la table à piquenique. Max pourra manger dehors quand ça lui tentera.

Près de François, Charlotte travaille le bois, elle aussi. Elle fabrique des bâtons à feu, avec trois grosses branches que son père a coupées pour elle. Sur chacun des trois bâtons, elle a fait une décoration. Et sur chacun d'eux, elle va bientôt graver un nom. «François», «Charlotte» et «Max», bien sûr.

Le bâton de Max est le plus beau. Son bois est doré et doux. C'est aussi le plus long. Max pourra atteindre les bûches en restant bien assis... dans le fauteuil roulant qu'il déteste.

En travaillant, Charlotte chantonne doucement un air triste. François l'observe depuis un moment.

— Ta chansonnette est bien tristounette… Dis-moi ce qui te chicote, ma Charlotte.

Charlotte hésite un peu avant d'avouer:

— J'ai peur que Max soit toujours de mauvaise humeur maintenant… Et j'ai peur qu'il ne nous aime plus.

— Max nous aimera toujours, ma chouette. Mais, à dix ans, c'est difficile d'accepter de vivre en fauteuil roulant. Il a besoin de temps pour s'habituer à cette idée.

* * *

Max est encore dans l'eau. La peau de ses mains est toute ratatinée. Il se sent mieux. Il n'est plus en colère. Il est juste fatigué. Trop fatigué pour marcher jusqu'au chalet. Peut-être que, après tout, un fauteuil roulant serait pratique, de temps en temps…

Il cherche Charlotte des yeux. Il l'aperçoit près de la table à pique-nique.

— Charlotte, je sors de l'eau. Où est mon fauteuil roulant?

Charlotte arrive presque aussitôt, en courant derrière le fauteuil.

— J'ai fabriqué un cadeau pour toi, dit-elle. J'espère que tu l'aimeras!

— Tes cadeaux sont toujours beaux, répond Max en s'assoyant dans le fauteuil. Montre-moi ça.

Et, l'une marchant, l'autre roulant, ils vont retrouver François.

* * *

Le feu de camp crépite et pétille. Charlotte et Max font griller des guimauves qu'ils piquent au bout de leurs bâtons. Max est enchanté de son cadeau. Son bâton est long et bien aiguisé, ses guimauves sont gonflées et bien dorées. Entre deux bouchées de guimauve, il sourit de toutes ses dents.

François prépare quelques feux d'artifice et les fait éclater. Le premier part comme une fusée. Le deuxième lance mille flèches de couleur. Le troisième s'ouvre comme une fleur.

Charlotte est joyeuse et ravie. Elle veut faire un clin d'oeil à son frère et se tourne vers lui: Max ne sourit plus, il réfléchit. Max voudrait revenir en arrière, effacer de sa vie la Sophie musculaire. Il voudrait redevenir un bébé. Un gros bébé joufflu, qui babille et qui rit. Un gros bébé en santé.

Ce soir, Max se sent terriblement vieux. Il est fatigué, épuisé. Avec un courageux sourire, mais d'une toute petite voix, il annonce:

— Je vais me coucher. Merci pour le bâton, merci pour le feu d'artifice.

François l'accompagne.

— N'oublie pas d'éteindre le feu! dit-il à Charlotte.

François veut se coucher tôt, lui aussi. Mais, surtout, François veut parler à son petit homme. Lui dire, juste avant qu'il s'endorme, combien il est fier de lui…

Charlotte reste seule près du feu. Seule avec ses pensées. Des pensées noires qui volent autour de sa tête comme des chauves-souris.

— Pauvre Max, gémit la première, il ne pourra plus jamais marcher ni danser!

— Max sera toujours triste, se plaint la deuxième, et François aussi, et toi aussi.

— C'est toi qui devrais être malade, siffle méchamment la troisième. Tu es la plus vieille, tu es la plus raisonnable!

Charlotte se bouche les oreilles. Elle ne veut plus entendre ces chauves-souris qui gémissent et criaillent. Elle veut les

chasser, elle n'y arrive pas, elle est dé-
couragée.

Soudain, les noires chauves-souris dis-
paraissent. Une pensée toute blanche flotte
autour d'elle.

— Ne t'inquiète pas. Je suis avec toi.
Tu es ma petite fille chérie et tu es brave.
Tu feras ce qu'il faudra.

Une brise légère frôle doucement la
joue de Charlotte et la pensée s'envole.

Charlotte est émue. Jacinthe, sa mère, est
venue lui parler à l'oreille. Elle lève les
yeux au ciel et aperçoit les étoiles. Elles
sont belles, elles sont de toutes les couleurs.

— Oui, maman, je serai brave, lance-
t-elle aux étoiles. Je ne me laisserai plus
décourager. Et si ça m'arrive encore, tu
seras là pour m'aider.

Le feu brûle toujours, Charlotte ne l'oublie pas. Elle va chercher de l'eau et la
verse sur les tisons… Le feu crache et
fume de toutes parts.

Puis la fumée se dissipe, l'eau glou-
gloute dans les braises, mais, mais…
qu'est-ce que c'est? Oui, c'est bien le bâton de son frère, à moitié calciné. Max l'a
oublié dans le feu! Demain, il sera déçu, il
s'en voudra…

«Non, décide Charlotte. Demain, j'en ferai un autre, exactement pareil, et Max ne s'apercevra de rien.» Charlotte cache le bâton sous les cendres et va se coucher, le coeur léger.

Chapitre IV
Charlotte a 13 ans
et s'en va au camp

Depuis ce matin, Max se plaint: les céréales sont trop sucrées, le jus d'orange est trop froid, le soleil est trop chaud, les oiseaux chantent trop fort!

Hier, c'était pareil, rien ne lui plaisait. Avant-hier aussi, rien ne faisait son affaire. Et le jour d'avant, c'était la même chose… Depuis le début de l'été, rien n'est jamais à son goût: ses pieds sont trop grands, ses vêtements trop petits, Mme Fritzback ne fait pas assez de tartes, François bâille trop souvent… Ça n'en finit plus!

Charlotte est fatiguée de l'entendre rouspéter toute la journée. Mais, chaque matin, elle se jure d'être patiente. Et même si, plusieurs fois par jour, la colère la fait frémir ou bouillir, elle réussit à se retenir.

Aujourd'hui, Max n'a pas mis le nez dehors. Assis devant son ordinateur, il grommelle. Charlotte, elle, n'a qu'une

chose en tête: le baseball. C'est son sport préféré et elle n'y a pas joué une seule fois cet été. Charlotte demande à Max de jouer avec elle.

— Te moques-tu de moi? Tu sais bien que je ne peux plus lancer ni frapper!

— Tu pourrais être receveur, ça me permettrait de fignoler mes lancers.

Max ne veut toujours pas jouer. Charlotte insiste, elle supplie, Max dit oui. Youpi!

Au début, pour faire plaisir à Max, elle lui fait trois ou quatre passes lentes, faciles à attraper. Il réussit aisément à saisir la balle. Charlotte revient la chercher en courant, Max l'attend dans son fauteuil roulant.

Max se laisse prendre au jeu, il veut des balles plus rapides. Charlotte est contente, clle jubile.

— Tu l'auras voulu!

Ses yeux pétillent, son bras s'élance avec vigueur… Mais Charlotte a mal calculé. La balle frappe Max sur le nez. Aïe! Aïe! Aïe! Max est insulté!

— Tu l'as fait exprès! Tu es détestable! Tu veux que je sois blessé, en plus d'être malade?

Charlotte se défend, s'excuse mille fois. Max ne la croit pas.

— Tu l'as fait exprès, répète-t-il. Trouve quelqu'un d'autre pour jouer avec toi!

Charlotte ne peut se retenir. Elle explose.

— J'en ai par-dessus la tête de ton mauvais caractère. Rien ne te fait plaisir.

— Si tu penses que c'est drôle d'être en fauteuil roulant. Essaie donc, toi, juste un jour!

— Ce n'est pas de ma faute si tu es malade! Je ne peux pas te guérir. Je ne sais plus quoi faire, je ne sais plus quoi dire!

— Personne ne me comprend!

— Moi, j'essaie de te comprendre et j'essaie de t'aider!

— Non, ce n'est pas vrai. Tu ne penses qu'à t'amuser. Va t'amuser ailleurs! Je peux me débrouiller tout seul. Va-t'en!

Charlotte est blessée. Les paroles de Max l'ont frappée droit au coeur. Elle éclate en sanglots et rentre dans le chalet en courant.

Elle se laisse tomber sur son lit et pleure. Pour vider sa peine, pour vider son coeur.

Cette fois, elle en est certaine, Max ne l'aime plus.

* * *

Depuis deux semaines, Max ne joue plus à rien. Quand il fait beau, il regarde le lac pendant des heures, immobile au bout du quai. Quand il pleut, il tourne en rond dans le chalet ou bien il s'étend sur son lit, les yeux grands ouverts. Il ne se plaint pas, il ne se fâche pas, il ne parle presque plus. Max s'ennuie.

Certains jours, François essaie de l'occuper. Il lui propose mille activités. Max murmure:

— Non merci, je suis fatigué.

Parfois, c'est Mme Fritzback qui tente de le charmer. Elle fricote ses tartes et gâteaux préférés. Max gémit:

— Non merci, je n'ai pas d'appétit.

Depuis deux semaines, Charlotte est partie. Dans un camp où elle se fera sûrement un tas d'amis. Dans un camp où elle jouera au baseball tant qu'elle voudra. Depuis deux semaines, Max s'ennuie.

Ce soir, Max ne s'endort pas. Assis dans son lit, il feuillette un album dans lequel il a conservé ses plus beaux dessins. Max tourne les pages et soupire. Comme il était fier de ses oiseaux et de

ses personnages rigolos. Il pouvait dessiner ce qu'il voulait, c'était toujours beau…

Maintenant, c'est fini. Ses mains sont un peu engourdies, à cause de sa maladie. Quand il dessine, c'est toujours difficile, et ce n'est pas très beau. Max regarde le dessin qu'il a commencé ce matin. Il le trouve moche…

François passe la tête par la porte entrouverte.

— Tu ne dors pas encore! Qu'est-ce que tu fais?

Max hésite un peu avant de répondre.

— Je voulais faire un dessin pour Charlotte…

— C'est une bonne idée. Ça lui fera plaisir!

— Je ne peux pas lui envoyer ça! se lamente Max. C'est trop mauvais!

François s'approche du lit et jette un coup d'oeil sur le dessin inachevé. Puis il dit à Max avec un sourire malicieux:

— Attends un peu, je vais te montrer quelque chose…

François quitte la chambre et revient presque aussitôt, tenant dans ses mains un grand cahier, comme si c'était un trésor…

Il s'assoit près de Max et lui parle tout bas, d'un air mystérieux.

— J'ai un secret. Jusqu'ici, je l'ai gardé pour moi. Mais ce soir, je vais te le confier. Je crois qu'il t'aidera à voir avec d'autres yeux. Les yeux qui voient à l'intérieur des êtres et des choses.

François ouvre son grand cahier. Lentement, il tourne les pages, les unes après les autres. Très lentement…

Fasciné, Max découvre le secret de François: depuis des années, François collectionne les dessins de Charlotte. Ses dessins ratés, ceux dont elle faisait des boulettes. Le soir, en cachette, François fouillait dans la corbeille à papier. Quand il trouvait un dessin, avec précaution il le défroissait et le collait dans son cahier…

— Tous ces dessins maladroits, je les aime, moi. Je les trouve beaux, explique François. Quand je les regarde, c'est Charlotte que je vois. Charlotte à trois ans, à cinq ans, à sept ans, et c'est ça qui est important. Tu ne penses pas?

Max prend le grand cahier et feuillette toutes les pages à nouveau. Il est ému. «François a raison, songe-t-il. Les dessins de Charlotte sont beaux. Quand on

les regarde, c'est elle qu'on voit à travers eux.»

Max embrasse son père. Désormais, il
cherchera toujours à voir avec son coeur,

avec ses sentiments. Et il continuera toujours à dessiner. Même la Sophie musculaire ne pourra l'en empêcher…

À son pupitre, Max s'applique pour terminer son dessin. C'est un portrait de Charlotte. Il est maladroit, mais on reconnaît très bien son sourire. Au bas de la page, Max écrit: «Je m'ennuie de toi quand tu n'es pas là.»

* * *

Deux jours plus tard, Charlotte téléphone.

— Papa, est-ce que je peux revenir? Ici, le lac est plein d'algues, il n'y a pas d'oiseaux, il y a des millions de moustiques et… j'ai reçu le dessin de Max. Je m'ennuie, moi aussi.

François répond, sans hésitation:

— Prépare tes bagages, mon pinson. On arrive!

* * *

Le jour même, Max et François rejoignent Charlotte au camp. Charlotte saute au cou de son père et l'embrasse. Puis elle se tourne vers son frère. Il sourit timidement. C'est facile de voir qu'il est mal à l'aise. Il se tord les doigts, il n'ose dire un mot.

Charlotte le trouve beau et touchant. Elle se penche et lui donne un bec sur la joue. Alors Max se met à parler, très vite, sans respirer, parce qu'il est heureux et qu'il a peur en même temps, parce qu'il voudrait tout dire à la fois, parce que c'est important...

— J'espère que je ne dirai plus de bêtises. Il n'y a personne comme toi. J'espère que tu ne partiras plus...

Charlotte est heureuse. Elle éclate de rire.

— Ne t'inquiète pas. Je serai toujours avec toi maintenant!

Chapitre V
Charlotte a 15 ans, son ami est charmant

Charlotte, Max et François déjeunent sur la véranda. Le temps est gris, il va peut-être pleuvoir.

Max et François sont à peine réveillés. Charlotte est déjà habillée et coiffée. Elle a même souligné ses yeux d'un trait de crayon bleu.

Charlotte est radieuse. Elle babille sans arrêt, elle rigole pour un rien. Il fait gris, mais Charlotte brille comme un soleil. Charlotte est amoureuse. Elle aime un gars extraordinaire, qui a pour elle toutes les qualités: il est drôle et doux, débrouillard et gentil, sensible et attentionné. Simon, c'est son nom.

Elle l'a rencontré au camp. Ils se sont écrit pendant des semaines. Ils se sont revus le mois dernier et, ce matin, il est là, tout près, couché dans sa tente rouge. La tente est installée sous les arbres, dans la cour, et sans cesse Charlotte la surveille.

La porte de la tente est fermée, à l'intérieur rien ne bouge.

François se réveille un peu, se décide à parler.

— Il n'est pas matinal, ton amoureux!

— On s'est couchés très tard, on a fait un grand feu! explique Charlotte, en rougissant un peu.

Les cafés sont bus, les rôties sont mangées et Simon n'est toujours pas levé. François commence à desservir la table… lorsqu'un oiseau se met à chanter. François suspend ses gestes, une assiette dans chaque main… François enseigne la zoologie à l'école mais, même pendant les vacances, il se passionne pour les animaux.

— Vous l'entendez, les enfants? C'est un bruant. Un bruant à gorge blanche, précise-t-il. Je suis surpris, ils sont rares par ici.

Charlotte a envie de rire et le camoufle tant qu'elle peut.

— Comment fais-tu pour le reconnaître? demande-t-elle.

— C'est facile. J'écoute sa voix et je l'entends qui dit: «Où es-tu, Frédéric, Frédéric, Frédéric?»

Juste à ce moment, l'oiseau chante encore et c'est bien ce qu'il gazouille.

Ou-i-tu, frridirri, frridirri, frridirri

François dépose les assiettes et s'en va dehors. Charlotte sort derrière lui. Max l'entend rire tout bas. Intrigué, il la suit.

François observe les arbres, la mangeoire. Il cherche le bruant. Soudain, l'oiseau chante une troisième fois, plus fort, plus bellement.

— C'est étrange… s'étonne François. On dirait qu'il est très gros.

François soupçonne quelque chose. Charlotte est toute rouge à force de se retenir pour ne pas rire.

François sourit. Il a tout compris. Sans hésiter, il fonce vers la tente.

— Allez, Simon, tu peux sortir. Je sais que c'est toi qui chantes!

Charlotte éclate enfin de rire et Max, tout surpris, voit émerger de la tente le grand garçon qui siffle comme un bruant.

Max regarde Charlotte. Comme elle est fière! Il regarde Simon. Comme il est drôle! Et, tout au fond de lui, un sentiment nouveau et déplaisant commence à parler… Max fait des efforts pour le faire taire. Mais il ne parvient pas à étouffer sa jalousie qui crie…

* * *

François et Simon sont partis en canot. Charlotte cuisine un gâteau au chocolat. C'est le gâteau que Simon préfère. Max l'aide un peu. Il tamise la farine, silencieusement.

Tout en faisant la popote, Charlotte papote gaiement. Max a envie de lui parler, mais il cherche les mots, il attend le bon moment. Charlotte se tait un peu et tourne vers lui son visage souriant:

— Qu'est-ce que tu as?

Max baisse les yeux, intimidé par ses propres sentiments:

— Je serai toujours seul, moi…

— Pourquoi dis-tu ça? Je ne te quitterai jamais, je te l'ai répété cent fois! Tu ne me crois pas?

— Ce n'est pas ce que je veux dire, bredouille Max. C'est difficile à expliquer.

— Explique-moi quand même, j'essaierai de comprendre! l'encourage Charlotte.

Max regarde Charlotte, puis il ose enfin avouer:

— Tu as l'air tellement heureuse. Je suis jaloux. Moi aussi, j'ai le goût d'être amoureux, mais ça ne m'arrivera jamais. Aucune fille ne me trouvera beau ou amusant. Aucune fille ne voudra de moi...

— Tu te trompes, proteste Charlotte. Tu es le garçon le plus gentil du monde!

— Non, Charlotte, je le sais, je n'aurai jamais de blonde. Et je n'aurai jamais d'enfants non plus... Je ne vivrai pas assez vieux pour ça.

Charlotte est bouleversée. Elle s'approche de Max, lui caresse les cheveux.

— Ne parle pas comme ça, tu te fais du mal. Les savants cherchent des traitements. Ils trouveront bientôt, et tu guériras.

— Tu sais bien que ce n'est pas vrai... Charlotte, aide-moi, j'ai peur. J'ai peur de l'avenir, j'ai peur de mourir.

Charlotte pleure et le prend dans ses bras.

— Tu guériras, tu ne mourras pas. Je serais trop triste...

Max renifle à son tour.

— Il me reste quelques bonnes années, je crois. Je ne veux pas t'abandonner. Je veux vivre, je veux rire et chanter, avec toi.

— On va rire et on va chanter. Tous les jours, je te le promets.

Cou-ah-cou, cou, cou

Dehors, près de la mangeoire, un oiseau semble chanter pour eux. Dehors, perchée sur une branche, une tourterelle triste roucoule.

* * *

Le public suit les moindres gestes du magicien, grâce au projecteur que François braque sur lui. C'est un vrai magicien, c'est un vrai spectacle. Devant le chalet, François a installé une vraie scène, avec éclairage et chapiteau. Les quatorze ans de Max, il les fête en grand.

Max regarde autour de lui tous les gens qui l'aiment. François, qui joue à l'éclairagiste, Mme Fritzback, épatée par le magicien, ses amis de l'école, qui applaudissent, Charlotte et Simon, la main dans la main… Une bouffée de bonheur l'envahit. Et dire qu'hier encore il se plaignait! Il se

jure que, dorénavant, il ne se plaindra plus.
Il sera un homme, un homme heureux.

Le spectacle est fini, les invités s'en
vont. Il ne reste que la famille, et Simon.
Simon retourne chez lui demain, mais il
reviendra tous les mois. Pour voir Charlotte, et pour voir Max aussi.

Les deux garçons s'attardent près du
chapiteau. La nuit est belle, la lune brille.

Ils discutent de musique et d'oiseaux. Ils
échangent leurs adresses de courriel. Ils
s'écriront souvent, car ils sont devenus
des amis.

* * *

Tout le monde dort. Sauf Max. Assis
devant son ordinateur, il fixe l'écran. La

page est encore blanche… Max pose les doigts sur le clavier, respire un grand coup et commence à écrire…

Je m'appelle Max et j'ai quatorze ans.

Depuis mon enfance, j'ai une grave maladie que ma soeur a baptisée la «Sophie musculaire». Je l'appelle comme ça, moi aussi.

La Sophie musculaire affaiblit mes muscles et me force à vivre en fauteuil roulant. La Sophie musculaire croit qu'elle m'a emprisonné pour toujours. Mais elle se trompe. Je m'évade quand je veux. Dans ma tête, je suis libre comme un oiseau.

Quand je veux, en pensée, je vole au-dessus du lac. Je joue avec le vent, je regarde les poissons dans l'eau. Quand je suis fatigué de voler, je me pose sur le bord d'une fenêtre et je picore une pointe de tarte que Mme Fritzback a déposée là pour moi.

J'ai eu quatorze ans aujourd'hui. J'ai reçu des tas de cadeaux. Mais le plus beau cadeau, c'est Simon qui me l'a donné. Il m'a donné son amitié. Simon et moi, on sera des amis pour la vie…

Max cesse d'écrire un instant. «Ma vie à moi sera courte, se dit-il. Cinq ou six ans encore, peut-être un peu plus...» Il sent un pincement au bout de ses doigts, il sent un pincement au creux de son estomac.

Il respire profondément. Puis il calcule sur un bout de papier. «Il me reste au moins 2000 jours! C'est beaucoup, 2000 jours. Ça me laisse le temps d'écrire trois ou quatre livres!»

Max se remet au clavier...

Je m'appelle Max, j'ai quatorze ans et, aujourd'hui, j'ai décidé d'écrire. Aujourd'hui, j'écris la première page de mon premier livre. Aujourd'hui, c'est le premier jour de ma vie d'écrivain, c'est le premier jour de ma deuxième vie...

Chapitre VI
Charlotte a 22 ans, ce n'est plus une enfant

Aujourd'hui, j'ai eu vingt et un ans. Je terminerai bientôt mon troisième livre. Mon livre achève, ma vie aussi. Je suis à l'hôpital, je n'en sortirai plus, je le sais. La Sophie musculaire a gagné.

Je n'ai aucun regret. Je me suis bien battu. Ma deuxième vie a été belle et bien remplie. Tous les jours, j'ai écrit. Tous les jours, j'ai ri.

Je ne chante plus. Ça m'essouffle, ça me fatigue. Mais Charlotte chante pour moi. Tous les jours, même ici. Les autres malades sont contents de l'entendre, eux aussi.

Ses chansons sont drôles et tristes à la fois. Elle invente des airs, elle invente des mots. Elle ajoute parfois un chant d'oiseau. Ça me fait rire, ça me rappelle Simon...

Simon n'est pas là. Il voyage loin, très loin, à l'étranger. Il m'écrit des lettres, il

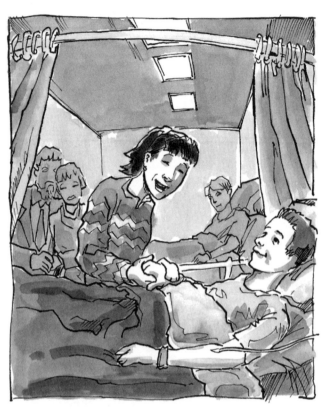

m'envoie des cadeaux. Il pense à moi, et son amitié me réchauffe un peu.

J'ai toujours froid maintenant. C'est l'été et pourtant je grelotte...

— Attends, je vais te réchauffer, moi!
C'est Charlotte qui parle comme ça. Elle est près de Max, elle écrit pour lui.

Depuis quelques semaines, Max n'écrit plus. Il raconte, Charlotte écrit.

Mais là, elle n'en peut plus. Un souffle glacé l'a traversée de bord en bord. Sa main tremble, son coeur frissonne. Elle déteste cet hiver qui s'est abattu sur Max.

Charlotte enveloppe Max dans une grosse couverture de laine. Elle se couche près de lui et le serre dans ses bras.

— Là, es-tu mieux? As-tu encore froid?

— J'ai presque chaud. Je suis bien. Je crois même que je vais m'endormir, répond Max.

— Repose-toi, il est tard.

— Va te reposer, toi aussi. Va voir François, il est triste, il a besoin de toi.

— Il viendra te voir demain. Il restera toute la journée.

— Je sais. Il prend quelques jours de congé.

Charlotte se lève et s'apprête à partir. Elle va franchir la porte lorsque Max lui demande:

— Tu reviendras toi aussi, demain?

— Bien sûr, c'est moi qui te réveillerai, comme d'habitude. Je t'aime, petit frère.

— Je t'aime aussi, Charlotte…

Après un instant, Max ajoute encore:

— Je serai toujours avec toi, Charlotte, n'oublie jamais ça.

Charlotte et Max se regardent. Charlotte a l'impression que le temps s'arrête. Les bruits s'éteignent, la chambre disparaît… Il n'y a plus qu'une grande vague chaude et lumineuse qui les berce doucement tous les deux.

Puis, Max sourit. D'un sourire incroyable, d'un sourire qui semble redonner tout l'amour qu'il a reçu.

Charlotte emporte ce sourire avec elle, blotti au creux de ses yeux, au creux de son coeur. Elle sait que ce sourire vivra en elle pour toujours. Elle n'aura qu'à fermer les yeux pour le voir de nouveau et pour retrouver Max…

* * *

Max a dormi toute la journée. La nuit achève, il dort encore. Charlotte et François veillent près de lui.

L'hôpital est silencieux. Aucun bruit, aucun cri, cette nuit. Juste la musique de la machine à oxygène qui aide Max à respirer… La machine chante comme une rivière.

— Notre petit oiseau va bientôt s'envoler et, tu sais, ajoute François tout bas, Jacinthe n'est pas bien loin, elle l'attend.

Charlotte a les yeux pleins d'eau, elle frissonne.

— N'aie pas peur, Charlotte, lui dit François. Regarde-le, il n'a pas peur, lui…

C'est vrai, Max dort paisiblement. Il ne souffre pas. Son visage est beau et calme. On dirait qu'il sourit.

— Est-ce qu'il nous entend? demande Charlotte.

— Oui, sûrement. Il est comme un bébé naissant. Il ne parle pas, mais il entend tout. Il sait qu'on est là, près de lui.

Charlotte s'étend sur le lit, à côté de Max. Elle ne sait plus très bien où elle est. Elle flotte avec Max sur un nuage blanc, près d'une rivière…

Charlotte prend la main de son frère.

— Viens avec moi, Max, on va se baigner. L'eau est froide, l'eau est glacée… mais nous sommes les plus braves. Viens avec moi, viens nager.

C'est l'aube. François s'est assoupi. Il

tient l'autre main de Max dans les siennes. Charlotte caresse le front de Max.

— Que tu respires lentement, mon canard... Que ton souffle est léger, mon poussin.

Max respire doucement, tout doucement... puis il ne respire plus. Charlotte retient son souffle... et se met à pleurer.

— Papa, papa, réveille-toi!

François s'éveille aussitôt. Un coup d'oeil lui suffit pour comprendre. Il se penche sur ses enfants, les prend tous deux dans ses bras. Il ne dit rien, il pleure doucement, lui aussi...

Soudain, un bruit chatouille leurs oreilles, un bruit léger et doux, comme un froissement d'ailes...

Charlotte et François lèvent les yeux. À la fenêtre, un oiseau vole sur place. Il penche la tête, il reste là...

Pendant de longues secondes, à travers la vitre, l'oiseau les regarde en battant des ailes...

— C'est lui, papa, c'est Max! s'exclame Charlotte, émerveillée.

L'oiseau s'éloigne un peu, revient près de la fenêtre comme pour faire signe, puis il s'envole.

Il vole droit devant, vers le soleil levant.

Leur petit oiseau s'est envolé. Mais les yeux de Charlotte et de François sont remplis de lumière.

Épilogue
Joue avec moi, rien qu'une fois

Le soleil se lève à peine et, sur la plage du camping de Carleton, il n'y a personne. Juste quelques mouettes qui crient.

C'est la fin de l'été et, sur le terrain du camping qui va bientôt fermer, il n'y a que trois roulottes et une tente. Une petite tente rouge, tout usée, plantée près de la plage.

Charlotte est couchée toute seule dans sa tente rouge, sa tente d'enfant rafistolée. Par la fenêtre ouverte, le soleil lui chatouille le bout du nez. Elle ne peut encore ouvrir ses yeux lourds de sommeil, elle ne peut encore s'échapper de ses rêves… et boum! la pensée saute sur elle et l'assomme: «Max est parti. Je m'ennuie.»

Charlotte est troublée. Elle ne veut pas se rendormir. Elle ne veut pas se réveiller. À travers ses paupières fermées, elle voit le visage de Max. Il sourit, l'air coquin… Puis il disparaît. Elle voudrait

qu'il revienne, mais elle n'y peut rien. L'image s'est évaporée, Charlotte est réveillée.

Et c'est comme ça tous les matins. Depuis treize jours. Depuis que Max s'est envolé.

Charlotte s'étire un peu, ouvre les yeux, voit le soleil et le ciel bleu. Elle décide de se lever sans tarder. Elle veut profiter de son dernier jour de congé.

Elle sort de la tente et s'assoit sur la plage en croquant une pomme. Une brise chaude joue avec ses cheveux. Elle a l'impression que c'est Max qui est là, près d'elle. Tout émue, elle lui parle:

— Mon grand Max adoré, j'ai envie de pleurer. Je sais bien que tu es libre maintenant. Tu peux courir, sauter, voler. Tu peux faire ce que tu veux. Mais je m'ennuie, tu me manques. S'il te plaît, joue avec moi, rien qu'un jour, rien qu'une fois…

Charlotte croque sa pomme et regarde la mer.

— Je sais ce qu'on va faire! Tu vas me dessiner une pierre et je la chercherai. Elle sera très spéciale, pour que je puisse la reconnaître. Ce sera la reine de ma collection. Ce sera… une pierre rose en forme de coeur! C'est sûrement très rare. Si je la trouve, je saurai que tu es là et je serai moins triste…

C'est ce matin-là que Charlotte a trouvé le coeur de pierre rose. Elle cherchait, elle cherchait, parmi les millions de cailloux de la longue plage. Elle regardait partout. Elle n'y croyait plus…

Et puis elle l'a vu. Il était là, tout près de son pied, aussi rose qu'une gomme rose, aussi rose qu'une rose rose.

Elle était bouleversée. Alors elle a pleuré… Elle pleurait, mais elle était heureuse…

Charlotte a plié sa tente et l'a rangée dans le coffre de la voiture. Le coeur de pierre, lui, est dans sa poche. Dorénavant, tous ses vêtements auront des poches, décide-t-elle. Pour qu'elle puisse l'emporter partout avec elle.

Charlotte s'assoit au volant et démarre. L'été est fini. Elle retourne en ville, pour étudier. Elle étudiera longtemps. Et puis, elle sera médecin et soignera les enfants. Ceux qui ont de graves maladies, la dystrophie musculaire, le cancer…

Peut-être même qu'elle deviendra un savant… Un de ces savants qui cherchent des médicaments ou inventent des traitements, pour guérir ces enfants.

Table des matières